Prinz Eisenherz

Excalibur, das Schwert im Stein

1. Buch

CARLSEN VERLAG

MAN SCHRIEB DEN ZEHNTEN MAI, ALS DIE UNGLÜCKSELIGE SCHLACHT AUF DER EBENE VON SALISBURY BEGANN ... JUST IM WONNEMONAT, IN DEM SICH MENSCHEN ÜBER DAS ENDE DES HARTEN WINTERS FREUEN SOLLTEN. DOCH IN DIESEM SCHWARZEN MAI ERSTARREN DIE HERZEN DER BRITEN OB DER SCHRECKEN DES KRIEGES, UND DIE WEISSEN FRÜHLINGS-BLUMEN ERTRINKEN IN HELDENBLUT.
SEIT TAGEN HAT DIE ARMEE KÖNIG ARTHURS NAHEZU PAUSENLOS MIT DEM GEGEN SIE ANSTÜRMENDEN TÖDLICHEN VERBUND VON SKOTEN, PIKTEN UND SACHSEN GEKÄMPFT, DER VON MORDRED GEFÜHRT WIRD, ARTHURS UNEHELICHEM SOHN. UND NUN HABEN ARTHURS MÄNNER IN MEHREREN AUFEINANDERFOLGENDEN UNNACHGIEBIGEN ATTACKEN MORDREDS ARMEEN NIEDERGERUNGEN. DOCH UM WELCHEN PREIS ?

BLUTGETRÄNKTE RESTE BEIDER ARMEEN WANKEN DURCH DIE NEBELSCHWADEN, UM MIT JEDEM HIEB NEUE WUNDEN ZU SCHLAGEN. IHR LEBENSBLUT SICKERT DURCH DIE KETTENHEMDEN UND WIRD VON DER GRAUSAMEN ERDE AUFGESAUGT. ES IST ARTHURS SIEG. DOCH GEWINNER GIBT ES HIER NICHT.

AUF EINEM GRÜNEN HÜGEL STEHEN SICH AN DIESEM DÜSTEREN TAG OBERHALB DES SCHLACHTFELDS – WIEDER EINMAL – DIE BEIDEN MÄNNER GEGENÜBER, DIE AN DIESEM TAG AM MEISTEN VERLOREN HABEN. RINGSUM IST IHRE HEIMAT MEILENWEIT VERWÜSTET.
DEN JÜNGEREN MANN KÜMMERT DAS WENIG. DANK SEINER TATEN IST DIE TAFELRUNDE ZERBROCHEN, IST CAMELOT TOT.

„WO SIND DEINE RECKEN JETZT, KÖNIG ARTHUR? LANCELOT... GAWAIN... EISENHERZ? EILEN SIE DIR ZU HILFE? NEIN. NUR DU UND ICH SIND HIER, VATER. GENAUSO, WIE ES SEIN SOLLTE... WIE ES IMMER HÄTTE SEIN SOLLEN!"
DER MANN VOR IHM IST VON NEID UND EIFERSUCHT VÖLLIG ZERFRESSEN. ER WAR SEIN RITTER, ER IST SEIN EINZIGER SOHN! DAS HERZ DES GROSSEN KÖNIGS, BEREITS VOM TODE SEINER BESTEN FREUNDE SCHWER, BRICHT BEI DIESEM ANBLICK ENDGÜLTIG.

„MORDRED... MEIN SOHN... ES IST NOCH NICHT ZU SPÄT, UNSERE FEINDSCHAFT BEIZULEGEN ODER..."
DER VERWUNDETE KÖNIG TRITT VOR, ALS WOLLE ER SEINEN SOHN UMARMEN. ER STOLPERT UND TAUMELT, DAS SCHWERT EXCALIBUR NOCH IN DER HAND. INSTINKTIV REISST MORDRED SEINE LANZE HOCH...
...UND ARTHUR, DER SEINEN STURZ NICHT ABFANGEN KANN, WIRD VON IHR AUFGESPIESST.
„VATER... ICH WOLLTE NICHT... ICH WOLLTE DOCH NUR..."

„... NUR MEIN LEBEN UND MEIN KÖNIGREICH!" RUFT ARTHUR, ALS ER DIE KLINGE FALLEN LÄSST UND DAMIT DIE LANZE ZERSCHMETTERT.
NUN STEHEN DIE GEISTER SEINER GEFALLENEN RITTER VOR DEN AUGEN DES ALTEN MANNES WIEDER AUF. ZORNERFÜLLT UND MIT LETZTER KRAFT FÜHRT ARTHUR DAS SCHWERT, DAS IHN ZUM KÖNIG DER BRITEN MACHTE, UND VERSETZT DAMIT MORDRED DEN TODESSTOSS.
ES IST DER LETZTE STREICH, DEN ER DAMIT FÜHREN WIRD, DENN EXCALIBUR IST KEINE EINZIGARTIGE WAFFE MEHR, SONDERN EINE KRÜCKE, DIE DAS GEWICHT EINES TRAUERNDEN VATERS TRÄGT. AUFS SCHWERT GESTÜTZT, BEUGT SICH ARTHUR VOR, UM DEN TOD SEINES SOHNES ZU BETRAUERN. SEIN ZORN SCHWINDET DAHIN... WIE MORDREDS LEBEN.
MORDREDS LIPPEN BEWEGEN SICH, ALS WOLLE ER ETWAS SAGEN. EINEN AUGENBLICK LANG SUCHEN SEINE AUGEN DEN HIMMEL AB, ALS SEHNTEN SIE SICH NACH ENGELN, DIE IHN VON DER ERDE FORTTRAGEN.

NUN IST DER NEID DAHIN … DAHIN DER SCHMERZ UND DIE BITTERKEIT, ALS DIE SEELE EINES PRINZEN MÜHELOS DER UMKLAMMERUNG EINES KRANKEN GEISTES ENTGLEITET. AUF SEINEM ANTLITZ RUHT DIE GABE DES FRIEDENS.
EIN LAUES SOMMERLÜFTCHEN STREIFT ÜBER DEN GRÜNEN GRASHÜGEL UND BLÄST DEN NEBEL VOM SCHLACHTFELD DARUNTER FORT. DOCH FÜR ARTHUR, DEN KÖNIG DER BRITEN, DER DIE WUNDE HÄLT, AUS DER SEIN LEBENSBLUT QUILLT, IST ES EIN EISIGER WINTERHAUCH.
„MIR IST KALT, MEIN SOHN … SO FURCHTBAR KALT.“

„MERLIN... MERLIN... WIR HATTEN SOLCHE TRÄUME... SOLCHE HOFFNUNGEN! DOCH WOFÜR?"
VON DEN BLUTIGEN FELDERN UNTEN KOMMT DURCH EINEN SCHLEIER SICH LICHTENDEN NEBELS EINE STUMME GESTALT ZU ARTHUR HERAUF. „MERLIN...?"
DOCH ES IST GAWAIN, DER DEN HÜGEL ERKLIMMT, UM SICH VOR SEINEN KÖNIG ZU KNIEN, WIE ER ES TÄTE, WÄREN SIE NOCH GLÜCKLICH UND UNVERSEHRT IN DER GROSSEN HALLE VON CAMELOT. „MEIN KÖNIG, ES IST VORBEI. WIR HABEN GEWONNEN."
VERWIRRT STARRT DER ALTE MANN AUF SEINEN GELIEBTEN NEFFEN. „GEWONNEN...?" WIEDERHOLT ER UND BEGREIFT NUR ALLMÄHLICH.
„JA, MAJESTÄT. DIE BARBAREN AUS DEM NORDEN SIND IN DIE FLUCHT GESCHLAGEN. DIE GERECHTIGKEIT HAT OBSIEGT!"

„GERECHTIGKEIT... IST DAS GERECHT?"
RITTER GAWAINS BLICK FÄLLT ZUERST AUF EI-NEN MANTEL MIT DEM SIEGEL CAMELOTS, DER EINEN LEICHNAM BEDECKT...
...DANN ERST BEMERKT ER MIT SCHRECKEN DEN GRÖSSER WERDENDEN ROTEN FLECK, DER DEN TOD SEINES ONKELS UND KÖNIGS BEDEUTEN KANN. „MAJESTÄT, IHR SEID VERWUNDET! WIR MÜSSEN DAFÜR SORGEN, DASS..."
ERNST UND JEDER ZOLL EIN KÖNIG, BEFIEHLT ARTHUR SEINEM RITTER: „GENUG! ES GIBT WICHTIGE DINGE ZU REGELN. IHR MÜSST MEIN SCHWERT EXCALIBUR NEHMEN..."
„...SUCHT EINEN SEE MIT KLAREM WASSER UND WERFT ES HINEIN."
„ABER MAJESTÄT, DAS SCHWERT BIRGT DOCH GE-WISS DEN WESENSKERN VON CAMELOT IN SICH. MÜS-SEN WIR...?"
„DAS SCHWERT HAT NUN SEINEN ZWECK ER-FÜLLT, NEFFE. DIE DAME VOM SEE HÄTTE GERNE IHR GESCHENK ZURÜCK."

MIT DER SANFTEN HAND DES LIEBHABERS HEBT DER EDLE GAWAIN DAS SCHWERT EXCALIBUR AUF UND VERLÄSST TRAURIG SEINEN KÖNIG. DIESEN LETZTEN BEFEHL SEINES GROSSEN HERRN MUSS ER UNBEDINGT ERFÜLLEN.
„MERLIN, MEIN FREUND... IST DER FRIEDEN NUR EIN TRAUM, DEN DIE JUGEND UND DIE NARREN ERSEHNEN? MIR SCHEINT, MEIN TRAUM SPIEGELTE SICH NOCH VOR WENIGEN AUGENBLICKEN AUF SO VIELEN STRAHLENDEN GESICHTERN. DOCH NUN SIND SIE DAHIN, UND ICH BIN SO ALT... UND SO VIEL MEHR ALS NÄRRISCH!"
„GAR NICHT SO NÄRRISCH, ALTER FREUND."
„DU HINTERLÄSST EIN KÖNIGREICH, DAS NIE VON ERDEN VERSCHWINDET. DIE GESCHICHTE DEINES CAMELOTS IST EIN TRAUM, DER IM LAUF DER ZEIT IN DEN HERZEN DER MENSCHEN WACHSEN WIRD. ER WIRD DAS EDLE, GUTE UND WAHRE IN IHNEN NÄHREN."

„DOCH NUN IST ES ZEIT, DIESE STÄTTE ZU VERLASSEN. KOMM, ALTER FREUND… KOMM…"
ANDERNORTS AUF DER EBENE VON SALISBURY MÜHEN SICH ZWEI ERSCHÖPFTE KNAPPEN TAPFER MIT EINER TRAGE AB, AUF DER EIN ROTHAARIGER RITTER LIEGT. ER IST VERLETZT UND RINGT MIT DEM TOD.
„HAST DU DAS GEHÖRT, GWERN? WAREN DAS NICHT STIMMEN?"
„NICHTS HAST DU GEHÖRT. DER KAMPF MUSS JETZT BEENDET SEIN. ES HEISST, WIR HABEN GEWONNEN."

DOCH FÜR DEN KNAPPEN NAMENS RHYS IST DER SIEG KEINE BERUHIGUNG. „MIR GEFÄLLT DAS NICHT. SO EINE GOTTLOSE STILLE ... UND ER HIER, DER IM SCHLAF WIE EIN VERRÜCKTER TOBT!“
DANN ERSPÄHEN SIE VOR SICH AUF DER EBENE EINE SCHAR UMHERSTREIFENDER PIKTEN... ZEHN, VIELLEICHT ZWÖLF. WANN WIRD MAN SIE ENTDECKEN?

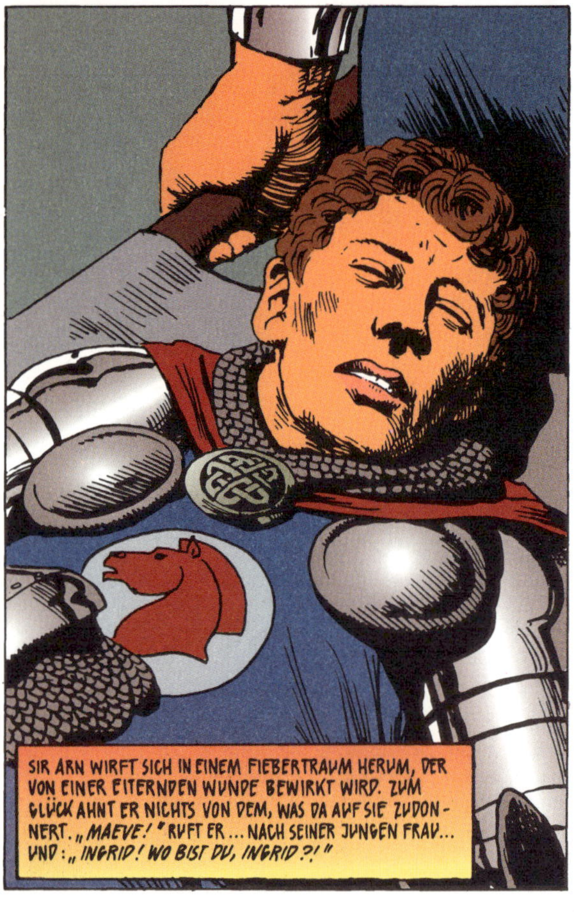
SIR ARN WIRFT SICH IN EINEM FIEBERTRAUM HERUM, DER VON EINER EITERNDEN WUNDE BEWIRKT WIRD. ZUM GLÜCK AHNT ER NICHTS VON DEM, WAS DA AUF SIE ZUDONNERT. „MAEVE!“ RUFT ER ... NACH SEINER JUNGEN FRAU... UND: „INGRID! WO BIST DU, INGRID?!“

DIE KNAPPEN DUCKEN SICH TIEF. UND RHYS UNTERDRÜCKT DIE KLAGERUFE DES IHNEN ANVERTRAUTEN VERWUNDETEN RITTERS MIT SEINER SCHWIELIGEN HAND.

DIE PIKTEN REITEN WEITER. SIE DENKEN NUR AN SICHERHEIT, VOLLE BÄUCHE UND DIE HEIMAT. WENN MAN SIE BEDRÄNGT, WERDEN SIE KÄMPFEN, ABER SIE SUCHEN KEINEN KAMPF MEHR. DIE SCHLACHT IST VERLOREN, UND SIE TRACHTEN DANACH, ZU RETTEN, WAS ZU RETTEN IST... IHR LEBEN.

„WIR BLEIBEN NUR, BIS DIE GEFAHR VORÜBER IST. WIR MÜSSEN BALD WEITER MIT IHM... AN EINEN WARMEN, TROCKENEN ORT, WO ER VIEL FRISCHES WASSER BEKOMMEN KANN."

ALSO WARTEN DIE DREI STILL UND RUHIG IN EINEM BACH, DER ROT IST VOM BLUT ERSCHLAGENER KRIEGER, WÄHREND IN ARNS FIEBERTRÄUMEN KLARE BILDER AUS SEINEM LEBEN ERSCHEINEN: „CAMELOT..."

„WAS FÜR EIN HERRLICHER ORT MUSS CAMELOT GEWESEN SEIN, ALS MEIN VATER ES ERSTMALS ERBLICK-TE... UND DAS ALS JUNGE, DER KAUM FÜNFZEHN SOMMER ALT WAR. ES HEISST, DIE WELT HÄTTE NIE ETWAS VERGLEICHBARES GESEHEN."
„UND GEWISS GAB ES NIE EINEN RITTER, DER SICH MIT SIR GAWAIN VERGLEICHEN KONNTE, DER DEN JUNGEN EISEN-HERZ ALS KNAPPEN NAHM. ES HIESS, LANCELOT WÄRE DER GRÖSSTE RITTER DER CHRISTENHEIT, ABER AN HERZENS-GRÖSSE ÜBERTRAF KEINER RITTER GAWAIN."
„DANN WAR DA MORDRED, GAWAINS HALBBRUDER, ARTHURS MIT GA-WAINS MUTTER GEZEUGTER SOHN. DIE BEIDEN MÄNNER GLICHEN EIN-ANDER EBENSO WENIG WIE WERT-VOLLES GOLD UND SCHWARZES PECH. MORDREDS EIFERSUCHT UND RAST-LOSER GEIST WAREN EIN SCHLEI-CHENDES GIFT FÜR DEN GLÜCK-LICHEN HOF."

„DIE ABENTEUER, DIE SIE ERLEBTEN... TURNIERE UND SPIELE, AUFTRÄGE UND EHRENHÄNDEL... ERST ALS KNAPPE UND HERR..."
„... DANN ALS GLEICHBERECHTIGTE RITTER DES BUNDES DER TAFELRUNDE. DIE ZEITEN DER FINSTERNIS SCHIENEN EIN SCHRECKLICHER TRAUM ZU SEIN, AUS DEM DIE BRITEN ENDLICH ERWACHT WAREN. ES GAB MUSIK, GESETZ, RITTERLICHKEIT UND LIEBE."
„NICHT EINMAL MORDRED KONNTE DIESE GRÜNEN JAHRE STÖREN, DIE VOLLER AUSRITTE, SCHEINKÄMPFE UND SPASS WAREN. EINE KINDHEIT IN CAMELOT... MEINE FREUDE KANNTE KEINE GRENZEN! STETS KAM ES MIR ZU, DIE SORGENVOLLEN MIENEN DER ERWACHSENEN DURCH LACHEN AUFZUHELLEN."
„SCHLIESSLICH UND ENDLICH NAHM ICH MEINES VATERS PLATZ ALS GAWAINS KNAPPE EIN. ‚SAGT MIR, SIR, NENNT MAN EUCH GAWAIN DEN GUTEN, WEIL IHR SO GUT KÄMPFT?'"
„‚JUNGER ARN, MIR DEUCHT, MAN NENNT MICH SO, WEIL ICH SO GUT IM REDEN BIN... WAS WIRKLICH GUT IST, DENN DIE ÜBERMACHT IST SECHZIG ZU EINS, UND ES BEDARF SCHON EINER ENGELSZUNGE, DAMIT WIR HEUTE UNSERE HAUT RETTEN!'"

„ALS ICH EIN JÜNGLING WAR, KAM DIE LIEBE ZU MIR... IN GESTALT VON MORDREDS TOCHTER MAEVE... IHR WESEN WAR SO HEITER UND RUHIG, WIE SEINES AUFBRAUSEND UND HITZIG WAR. MAEVE... SCHÖNE MAEVE..."
„SIE WURDE MEINE FRAU UND SCHENKTE MIR EINE TOCHTER... INGRID... EIN KIND VOLLER FRAGEN UND LACHEN... EIN KIND, DAS WAHRHAFT MEIN AUGE ERFREUT."
„ABER WAS KANN DAS SCHON FÜR EIN ÄRGER SEIN? WAS KANN EIN MANN NOCH MEHR WOLLEN? DIE LIEBE EINER GUTEN FRAU, DEN RESPEKT DER ANDEREN RITTER, DAS KIND EINE ANGEHENDE KÖNIGIN UND EINE FAMILIE UM SICH, DIE ZU IHM STEHT. VATER... DER BESTE ALLER VÄTER!"

„UND ARTHUR MACHT SIE ZU SEINER ERBIN ... MEINE TOCHTER ... MEIN KIND ... ERBIN DES THRONS DER BRITEN! ARTHURS ENKELKIND! ABER DABEI ÜBERGEHT ER MORDRED. ALSO WIRD ES ÄRGER GEBEN ... GANZ GEWISS ...“
„VATER, WO BIST DU? DEIN MANTEL, VATER! DU HAST ... DEN MANTEL MIT DEM PFERDEKOPFWAPPEN VERGESSEN ... ER IST LEER, VATER. ES BEDARF BREITER SCHULTERN, SEINE LAST ZU TRAGEN ... DEINE SCHULTERN, VATER!“
„INGRID! MAEVE! WO SEID IHR? KOMMT ZU MIR ZURÜCK! KOMMT HEIM ... HEIM ZU MIR! HALTET EUCH VON MORDRED FERN ... ER IST BÖSE ... ER IST ... NEIN! NEIN! NEIIIIIIIIIN!“

„VATER! GAWAIN... MAEVE!" SCHREIT DER GEQUÄLTE RITTER IN SEINEM ANHALTENDEN FIEBERWAHN. „ES BRENNT!... FEUER! HALTET EUCH VOM FEUER FERN!"
„ARMER MANN", MURMELT DER KNAPPE NAMENS RHYS, ALS ER UND SEIN KAMERAD ARNS TRAGE TIEFER IN DEN WALD TRAGEN. „KEIN WUNDER, DASS ER BEI SEINEM HOHEN FIEBER VON FEUER TRÄUMT."
ARN SCHREIT NOCH EINMAL AUF UND LIEGT DANN EINEN AUGENBLICK RUHIG DA. FEUER UND FURCHT SIND VERSCHWUNDEN. DER ROTHAARIGE RITTER GEHT ÜBER DIE ZINNEN SEINER BURG UND SCHAUT ÜBER SEIN SCHÖNES, STOLZES LAND, SEINE FRAU UND SEIN SCHÖNES KIND AN SEINER SEITE. ER IST GLÜCKLICH... ZUFRIEDEN. „ZU HAUSE", MURMELT ER IM SCHLAF. „EIN GUTES ZUHAUSE..."
„STIMMT, HERR", SAGT DER KNAPPE RHYS, DER SEINE SCHULTERN UND SEINEN LEEREN MAGEN ZU SPÜREN BEGINNT. „EIN ZUHAUSE IST GUT."

AM GLASKLAREN SEE STEHT EIN ERFAHRENER KRIEGER, EIN NOTORISCHER FRAUENHELD UND DER BESTE ALLER FREUNDE... VEREINT IN DER PERSON VON GAWAIN VON ORKNEY... ER STEHT UND BEDENKT DAS UNDENKBARE. ER MAG ZWAR VIELES SEIN, ABER ER IST KEIN GELEHRTER UND KEIN WEISER.
„DIESES SCHWERT IST DAS SYMBOL UNSERER TAFELRUNDE... DER HANDFESTE BEWEIS UNSERES TRAUMES... UND ARTHUR BITTET MICH, ES WEGZUWERFEN. WIRD DAMIT AUCH CAMELOT WEGGEWORFEN? ICH WÜNSCHTE, EISENHERZ WÄRE HIER. ER WÜRDE WISSEN, WAS RICHTIG IST."
ABER DA ER EIN MANN DER TAT IST, BESCHLIESST GAWAIN ZU HANDELN. ER WIRD IN DIESER SACHE WIE IN ALLEN ANDEREN SEINEM KÖNIG GEHORCHEN.
ER VERSCHLIESST SEINE GEDANKEN WEITEREN ZWEIFELN UND HOLT AUS, UM EXCALIBUR MITTEN IN DEN SEE ZU SCHLEUDERN. ER SCHWINGT DIE SCHWERE KLINGE HOCH ÜBER DEN KOPF NACH HINTEN...
„NEIN, DAS TUST DU NICHT", SAGT EINE RAUHE STIMME IM DIALEKT SEINES HEIMATLANDES, ALS NOCH RAUHERE PIKTENHÄNDE GAWAIN IN DEN SCHWERTARM FALLEN.

OBWOHL ARTHURS RITTER SCHON GRÖSSERE ÜBERMACHT BESSERER MÄNNER ALS DIESE HANDVOLL PIKTENPÖBEL BESIEGT HAT, HAT ER SICH IN SEINEN DÜSTEREN GEDANKEN ÜBERRASCHEN LASSEN. „ZURÜCK, IHR SCHURKEN! MEIN SINN STEHT NICHT DANACH, HEUTE NOCH MEHR MEINER LANDSLEUTE ZU TÖTEN!"
ZWEI IN BÄRENFELLE GEKLEIDETE UND MIT MESSERN BEWAFFNETE KRIEGER AUS DEM NORDEN WERFEN GAWAIN AUF DEN FEUCHTEN BODEN UND HALTEN IHN FEST.
„EUER MAJESTÄT... WIR HABEN DEN VERRÄTER UND DAS SCHWERT!"

AUS DEM NEBELVERHANGENEN WALD REITET EIN TRUPP BEWAFFNETER KRIEGER, ANGEFÜHRT VON... MORGAUSE! „DAS HABT IHR GUT GEMACHT", JUBILIERT SIE MIT EINER STIMME, DIE AN DUNKLEN HONIG ERINNERT. „WIR WERDEN ES UNS MERKEN."
DER MANN IST VON IHRER SELTSAMEN SCHÖNHEIT WIE BETÄUBT UND GELÄHMT... DAS MYTHISCHE SCHWERT IN SEINER HAND HAT ER VERGESSEN. MORGAUSE VON ORKNEY... ZAUBERIN UND KÖNIGIN... HEUTE SO SCHÖN WIE ZU IHRER JUGENDZEIT. DOCH NUR DANK EINES ZAUBERS, FLÜSTERN MANCHE... ABER SIE FLÜSTERN ES SEHR LEISE!
ARTHURS HALBSCHWESTER UND EINSTIGE GELIEBTE... DIE FRAU EINES STOLZEN KÖNIGS UND SELBST HERRSCHERIN... MUTTER GROSSER KRIEGER UND GELIEBTE VIELER ANDERER... MORGAUSE IST EINE MACHT, MIT DER MAN RECHNEN MUSS, UND EINE FRAU ZUM FÜRCHTEN. SIE HAT AN DIESEM TAG VIER SÖHNE VERLOREN...

... NUN HAT SIE DEN FÜNFTEN GEFUNDEN. DOCH ES LIEGT SPOTT IN IHRER SAMTIGEN STIMME, ALS SIE IHREM LETZTEN SOHN ÜBER DIE BLUTVERSCHMIERTE WANGE STREICHT. „DU BIST VERLETZT, GAWAIN. MUTTER WIRD SICH UM DICH KÜMMERN."
„MUTTER? WIE KANN ICH DICH MUTTER NENNEN, DA DU MIR NUR GRAUSAMKEIT UND BOSHEIT HAST ZUKOMMEN LASSEN? SCHAU, WOHIN DU DEINE SÖHNE MIT DEINEN PLÄNEN GEBRACHT HAST! MEIN BRUDER MORDRED IST TOT. EBENSO GAHERIS. UND AGRAVAINE UND ..."
„ALLE TOT. ALLE MEINE SÖHNE. ABER DU BIST NICHT MEIN SOHN. DU HÖRTEST AUF, MEIN SOHN ZU SEIN, ALS DU DICH ARTHURS SACHE VERPFLICHTET HAST."

„NUN, GAWAIN... ICH WÜNSCHTE, ICH KÖNNTE LÄNGER BLEIBEN UND DIE FREUDE DIESER LETZTEN AUGENBLICKE TEILEN. DOCH ZEIT IST KOSTBAR, UND ES IST NOCH SO VIEL ZU TUN."
„JA... ES IST VIEL ZU TUN."
„KREUZIGT IHN! ER WIRD DEN KRÄHEN EIN FESTMAHL SEIN!"
AUS EINEM VERBORGENEN WINKEL IM HERZEN DES MANNES, DES KÜHNSTEN ALLER RITTER UND DES LIEBHABERS ZAHLLOSER FRAUEN, KOMMT DER AUFSCHREI EINES KINDES, DAS NIE GELIEBT WORDEN IST. „MUTTER!" RUFT ER. ABER DAS WORT RÜHRT NICHT AN IHR STEINHARTES HERZ.

DAHINJAGENDE SCHWARZE STURMWOLKEN UND DAS ROT EINER VERSINKENDEN SONNE. DER ZERRISSENE HIMMEL SPIEGELT DIE BLUTIGE SZENE UNTER SICH, WO SICH RABEN AN BLUTROTEN LEICHEN LABEN. DURCH DIE EBENE VON SALISBURY LENKT DER RITTER SEIN ROSS, STETS DARAUF BEDACHT, DEN GLIEDMASSEN ERSCHLAGENER KRIEGER AUSZUWEICHEN... JENER, DIE SEINE FREUNDE WAREN ODER ES HÄTTEN SEIN KÖNNEN.
DER RITTER HAT VIELE KRIEGE GESEHEN. NACH JEDER SCHLACHT ZOGEN SICH DIE ARMEEN ZURÜCK, UM IHRE VERWUNDETEN ZU VERSORGEN UND IHRE TOTEN ZU BEGRABEN. DIESER KRIEG WAR ANDERS. VON DEN ARMEEN BLIEBEN NUR MEHR ABGERISSENE FLIEHENDE HORDEN, DIE IHRE TOTEN VERWESEND AUF DEM SCHLACHTFELD ZURÜCKLIESSEN.
„IST ES DAS, WONACH WIR SO LANGE GESTREBT HABEN?" FRAGT SICH DER RITTER. „IST DIES DAS ERGEBNIS UNSERES TRAUMS VON CAMELOT?"
DER RITTER LENKT SEIN ROSS ÜBER DIE EBENE, IM GEDANKEN DARAN, WIE BITTER ES SEIN KANN, EINEN TRAUM ZU VERLIEREN. KÖNNTE JE EIN MANN AUF ERDEN DEN TRAUM WIEDER WIRKLICHKEIT WERDEN LASSEN? „NEIN!" ANTWORTET EISENHERZ' BETRÜBTES HERZ. „ARTHUR IST NICHT MEHR."

EIN PLÖTZLICHES KREISCHEN ZORNIGER KRÄHEN UND EIFERSÜCHTIGER RABEN LÄSST EISENHERZ AUFMERKEN UND REISST IHN AUS SEINEN FINSTEREN GEDANKEN. VOR SICH SIEHT ER ALS SCHWARZE SILHOUETTE GEGEN DEN STÜRMISCHEN HIMMEL DAS GRAUSIGE OBJEKT IHRES STREITES. „GAWAIN!"
„IN GOTTES NAMEN, ALTER FREUND... WER HAT DIR DAS ANGETAN? HIER, ICH SCHNEIDE DICH LOS. ICH HOLE DICH HERUNTER, UND DANN..."
„SPÄT... VIEL ZU SPÄT." GAWAIN ÖFFNET EIN AUGE UND LÄCHELT SCHWACH. SEIN BERÜHMTES GRINSEN VERZERRT DIE GEQUÄLTEN GESICHTSZÜGE ZU EINER SCHRECKLICHEN TODESFRATZE. „ICH WUSSTE, DASS DU KOMMST, MEIN FREUND. ICH MUSSTE DIR DOCH ETWAS SAGEN..."

„EXCALIBUR … ARTHUR GAB ES MIR … UM ES INS WASSER ZU WERFEN. ABER MORGAUSE UND IHRE MÄNNER ÜBERFIELEN MICH … NAHMEN EXCALIBUR UND LIESSEN MICH ZUM STERBEN ZURÜCK. MORGAUSE HAT ARTHURS SCHWERT, EISENHERZ."
„DU MUSST BEI UNSERER FREUNDSCHAFT SCHWÖREN, DASS DU NICHT VERGISST … DASS DU DICH IMMER AN UNSEREN TRAUM VOM FRIEDEN ERINNERST … FINDE EXCALIBUR, DAS SYMBOL UNSERES TRAUMES. SCHWÖRE, ALTER FREUND!"
BEVOR ER EINE ANTWORT HÖREN KANN, VERLÄSST DER GEIST DEN GESCHUNDENEN LEIB VON ARTHURS RITTER. MIT KALTEM, LEEREN BLICK STARRT EISENHERZ VOR SICH HIN. „ICH SCHWÖRE BEI UNSERER FREUNDSCHAFT UND BEI UNSEREM GUTEN NAMEN, SIR GAWAIN, DASS CAMELOT LEBEN WIRD, SOLANGE ICH ATEM SCHÖPFE."

STEIN UM STEIN WIRD EIN HELDENGRAB AUFGESCHICHTET, WÄHREND SICH AM HORIZONT DER BLUTROTE SCHEITERHAUFEN DER SONNE SELBST VERZEHRT UND ES FINSTER WIRD. DIE NACHT IST SCHWARZ. KEIN STERN AM HIMMEL, BEI DESSEN LEUCHTEN DIE KINDER BRITANNIENS SICH ETWAS WÜNSCHEN KÖNNTEN.
SO SOLL ES WOHL AUCH SEIN, DENN DIE GRÖSSTE HOFFNUNG DER INSEL LIEGT TOT AUF DER EBENE VON SALISBURY. WAS KANN MAN FÜR BRITANNIEN NOCH ERHOFFEN, WENN MÜTTER IHRE SÖHNE KREUZIGEN?
ALS DER RITTER AUFSITZT UND FORTREITET, ZERTEILT EIN GEWALTIGER BLITZ MIT URGEWALTIGEM DONNERGETÖSE DEN HIMMEL. ES IST EIN WILDERES LEUCHTEN ALS DAS MILDE VERSPRECHEN EINES STERNS, UND ES ENTZÜNDET IM KALTEN HERZEN VON EISENHERZ EINEN FUNKEN, SO DASS ER GRIMMIG AUFLACHT.
„VERFLUCHT SEI DIE WELT, DASS DAS SCHICKSAL EINES SOLCHEN TRAUMS MÄNNERN WIE MIR ANVERTRAUT IST."
ABER VIELLEICHT IST GERADE BEI EINEM SEINER EIGENEN WÜNSCHE BERAUBTEN MANN SOLCH EIN TRAUM AM BESTEN AUFGEHOBEN.

WIE ENTBEHRUNG BEI MANCHEN MENSCHEN DIE BEGIERDE TÖTET, SO SCHÜRT SIE BEI ANDEREN JENE FLAMME. DAS VERLANGEN, HEIM UND FAMILIE WIEDERZUSEHEN, HAT EISENHERZ' LEIDENDEN SOHN DIE BESCHWERLICHE REISE ÜBERSTEHEN LASSEN... DER KATASTROPHE ENTGEGEN. „*MEIN ZUHAUSE...*", STÖHNT ARN, ALS ER FIEBERGLÄNZENDEN AUGES DIE RAUCHENDEN RUINEN SEINER EINST STOLZEN BURG ERBLICKT.

„*MAEVE... INGRID*", RUFT DER EHEMANN UND VATER, DAS SCHLIMMSTE BEFÜRCHTEND, EHE ER VOR ERSCHÖPFUNG ZUSAMMENBRICHT.

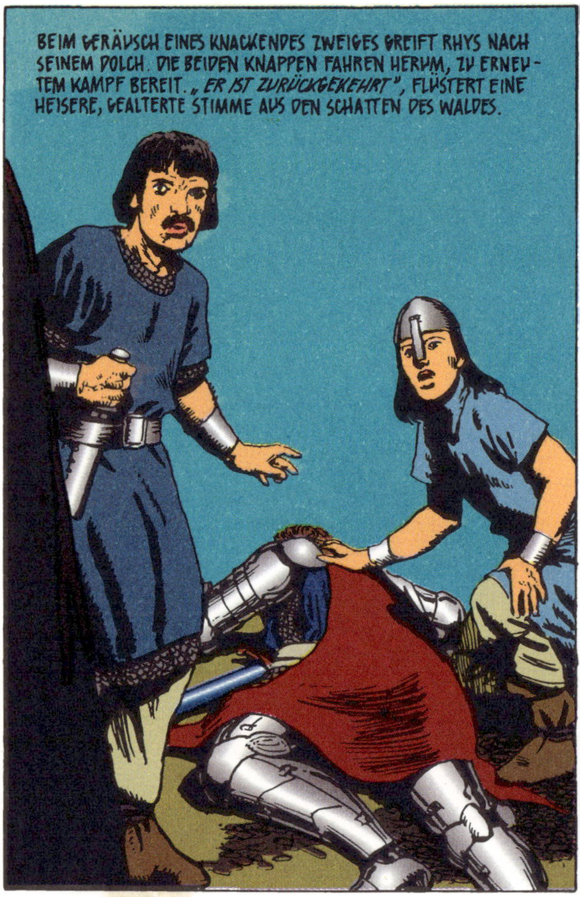
BEIM GERÄUSCH EINES KNACKENDES ZWEIGES GREIFT RHYS NACH SEINEM DOLCH. DIE BEIDEN KNAPPEN FAHREN HERUM, ZU ERNEUTEM KAMPF BEREIT. „*ER IST ZURÜCKGEKEHRT*", FLÜSTERT EINE HEISERE, GEALTERTE STIMME AUS DEN SCHATTEN DES WALDES.

EINE RUNZLIGE HAND RUHT AUF DER SCHWEISSNASSEN STIRN, UND EINE HEISERE STIMME KRÄCHZT DIE GUTE NEUIGKEIT. „DAS FIEBER GEHT ZURÜCK. BALD WIRD ER WIEDER ZU KRÄFTEN KOMMEN.“

WIEDER SCHREIT DER TRÄUMENDE ARN IM SCHLAF UND RUFT DEN NAMEN SEINER FRAU. „ICH BIN HIER“, FLÜSTERT SIE UND BEUGT SICH VOR, UM SEINE STIRN ZU KÜSSEN. „ICH BIN HIER, MEIN SCHATZ.“

UNTER WARMEN FELLEN NEBEN EINEM PRASSELNDEN FEUER RUHT ARN IN DER HÖHLE, IN DER NUN SEINE FAMILIE HAUST. LIEBEVOLL WIRD ER VON SEINER FRAU GEPFLEGT UND VON DER WEISEN ALTEN, DIE MANCHE DIE WANDERIN NENNEN. DRAUSSEN HALTEN SEINE TREUEN KNAPPEN WACHE.
DOCH STEHT NICHT ALLES ZUM BESTEN. ETWAS SEHR KLEINES FEHLT: INGRID, ARNS KLEINE TOCHTER, SEIN AUGENSTERN... IST FORT, GERAUBT VON DEN SCHURKEN, DIE DIE BURG IHRER FAMILIE IN BRAND STECKTEN. MAEVE BLICKT AUF ZU DER ALTEN SEHERIN. „IHR WART SO GUT... UND HABT GEWISS MEINEM MANN DAS LEBEN GERETTET... ABER BITTE“, FLEHT SIE MIT ANGSTVOLLEM BLICK, „SAGT MIR, WAS MEINEM KIND GESCHEHEN IST!“

DIE ALTE UND DIE JUNGE FRAU REICHEN SICH ÜBER DEM SCHLA-FENDEN RITTER DIE HÄNDE. DIE WANDERIN HÄLT DIE AUGEN FEST GESCHLOSSEN, MAEVES AUGEN SIND WEIT AUFGERISSEN, VOLLER FRAGEN UND HOFFNUNGEN.
DANN GEHT EIN RUCK DURCH DEN KÖRPER DER WANDERIN, UND SIE SCHLÄGT IHRE MILCHBLAUEN AUGEN AUF. „WAS?" RUFT MAEVE VERÄNGSTIGT. „WAS HABT IHR GESEHEN? ICH MUSS ES WISSEN! INGRID...?"
„STILL, MEIN KIND, ALLES ZU SEINER ZEIT", KRÄCHZT DIE ALTE, ALS SIE DIE JUNGE FRAU WEG VON IHREM SCHLAFENDEN GEMAHL AUS DER WARMEN HÖHLE FÜHRT. „ICH HABE VIEL GESEHEN, DAS MIR SORGEN MACHT."

ZWEI FRAUEN STEHEN AUF DEM FELSVORSPRUNG VOR DEM HÖHLENEINGANG. DIE ÄLTERE BLICKT NACH NORDEN, ZUM LAND VON MAEVES AHNEN. SIE SCHEINT AUS DEM FEUCHTEN NORDWIND GEHEIMNISSE HERAUSZULESEN. „DEINE TOCHTER LEBT UND IST WOHLAUF. ABER MORGAUSE HAT SIE ENTFÜHRT UND WILL SIE FÜR IHRE PLÄNE BENUTZEN."
„MORGAUSE HAT DAS SCHWERT EXCALIBUR UND DAZU DEINE TOCHTER INGRID... DIE DER GROSSE KÖNIG SELBST ZU SEINER ERBIN MACHTE. ALS KÖNIGIN VON ORKNEY UND GROSSMUTTER VON BRITANNIENS KÖNIGSKIND, WER WOLLTE IHR DA DAS RECHT STREITIG MACHEN, DIE REGENTSCHAFT ZU ÜBERNEHMEN?"
EISIGE KÄLTE BIS INS INNERSTE MARK ERFASST MAEVE, ALS SIE DEN WORTEN DER ALTEN LAUSCHT. „MORGAUSE WILL MIT HILFE DEINES KINDES IHRE HERRSCHAFT ÜBER DAS GANZE KÖNIGREICH AUSWEITEN."

„SIE WIRD VERSUCHEN, DEINE INGRID ZU BEEINFLUSSEN UND ZU VERDERBEN. SO WIE DEINEN VATER MORDRED. DAS MUSS VERHINDERT WERDEN."
MAEVE MUSS EINEN AUGENBLICK MIT DER ERINNERUNG AN EIN SÜSSES MÄDCHEN KÄMPFEN, DAS TODESANGST VOR SEINER SCHRECKLICHEN GROSSMUTTER HATTE. DANN BEKOMMT DIE MUTTER IN IHR DAS KIND IN DEN GRIFF.
„WIR MÜSSEN NACH NORDEN REISEN UND DIE KÖNIGIN IN IHREM KÖNIGREICH ORKNEY AUFSUCHEN."
„JA, DAS MÜSSEN WIR", BESTÄTIGT DIE WANDERIN. „ABER ZUVOR MÜSSEN WIR UNS UM DEINEN GEMAHL KÜMMERN. DENN WIR WERDEN DIE KRAFT EINES KRIEGERS BRAUCHEN."
DA IHR WEG UND IHRE AUFGABE KLAR UMRISSEN SIND, WENDEN SICH MAEVES GEDANKEN EINEM ANDEREN VERWANDTEN ZU. „UND ARNS BRUDER GALAN? ER WAR BEI MEINER INGRID, ALS DIE BURG EINGENOMMEN WURDE. WAS WEISST DU ÜBER IHN?"
„SEIN WEG LIEGT IM SCHATTEN. ICH SEHE DEN JUNGEN STUDENTEN NICHT."

AN DER SÜDKÜSTE KALEDONIENS SEGELN VIER SCHIFFE UNTER DER RABENFLAGGE VON ORKNEY DURCH UNRUHIGE SEE. AN DECK DES EINEN SIND DIE LEICHNAME VON VIER PRINZEN AUFGEBAHRT.
„ALLES IST BEREIT, MEINE KÖNIGIN. WIR ERWARTEN EURE BEFEHLE.“
SELBST DIE STEINERNEN FESTUNGSMAUERN WEINEN IN DIESER REGNERISCHEN ZEIT. UND SO WEINT AUCH DIE HERRSCHERIN MIT EINEM HERZ AUS STEIN... IN DIESEN FÜR SIE SO STÜRMISCHEN TAGEN.
MEINE SCHÖNEN SÖHNE. ALL DIE JAHRE WART IHR SO... NUTZLOS. ALLE AUSSER MORDRED. ABER IHR SEID ALLE FLEISCH VON MEINEM FLEISCH, UND ICH HABE EUCH AUF MEINE WEISE GELIEBT. NUN HABT IHR MICH VERLASSEN.

„MORDRED... KIND VON MEINEM GEIST... WIE KONNTEST DU MICH VERLASSEN? JETZT, DA ICH MEHR ALS JE ZUVOR DEINE STÄRKE... DEINEN LISTENREICHEN VERSTAND BRÄUCHTE!"
„ICH SCHWÖRE DIR, ICH LASSE UNSERE VISION NICHT STERBEN. BALD WERDEN SICH ALLE MENSCHEN DIESER VERFLUCHTEN INSEL VOR MORGAUSE VERBEUGEN... DER MUTTER VON MORDRED UND KÖNIGIN DER BRITEN. DANN WIRD DEIN NAME WAHRHAFT GEEHRT!"
„WIR MÜSSEN UNS BEEILEN, EUER MAJESTÄT, WENN DIE FEUER RICHTIG BRENNEN SOLLEN. ES NAHEN STARKE REGENWOLKEN."
„KEIN REGEN KÖNNTE MEINEN KUMMER ERTRÄNKEN ODER DAS BILD MEINER TOTEN SÖHNE AUS MEINEN GEDANKEN WASCHEN. KEIN STURM, KEINE FLUT IST STARK GENUG, DAS RACHEFEUER ZU LÖSCHEN, DAS JETZT IN MEINEM HERZEN BRENNT."

VOM DECK IHRES FLAGGSCHIFFS AUS STARRT DIE KÖNIGIN STUMM ÜBER DIE TOSEN-
DE SEE, UM MUT FÜR DAS BEVORSTEHENDE ZU SCHÖPFEN. „NUN STIRB, ARMSELI-
GES ORGAN", MURMELT DIE BÖSE KÖNIGIN, IHR GEQUÄLTES HERZ VERFLUCHEND.
„DU HAST DEINE AUFGABE ERFÜLLT. ICH BRAUCHE DICH NICHT MEHR!"

DIE BOGENSCHÜTZEN STEHEN BEREIT... SIE ZIELEN IHRE BRANDPFEI-
LE SO, DASS SIE IM HOHEN BOGEN ÜBER DIE RAUHE SEE FLIEGEN UND
DANN IN HELLEM FUNKENFLUG DAS TOTENSCHIFF DER SÖHNE ORK-
NEYS TREFFEN. „SCHIESST DIE PFEILE AB!" RUFT DIE KÖNIGIN.

DIE SEE SEUFZT UND STÖHNT, UND DAS GROSSE SCHIFF ZISCHT, ALS ES HEISSE FEUERTRÄNEN AUFS WASSER VERGIESST. SIE BEWEINEN STARKE RÜCKEN, MUTIGE HERZEN UND SCHÖNE GESICHTER. SIE BETRAUERN MUT UND DAS VERGEHEN VON GRÖSSE.
UND WENN ALLE SCHLACHTEN GESCHLAGEN SIND UND DIE ROTE WELT FRIEDLICH UND BLEICH IST... WERDEN DIE GESCHICHTSBÜCHER SAGEN: „EINST GAB ES NOCH MÄNNER!"

„DAS SCHWERT DES KÖNIGS ... MANCHE SAGEN, DIE DAME VOM SEE HABE ES IHM GEGEBEN. DIESELBEN LEUTE FÜRCHTEN DAS SCHWERT. ABER ICH NICHT. DAS SCHWERT AUS DEM STEIN WIRD DIE EINZELNEN KÖNIGREICHE EINEN. DENN GEHÖRT ES NICHT DER RECHTMÄSSIGEN ERBIN ?"

„JA, DER ERBIN ... DER SÜSSEN INGRID ... ZU, ZU SÜSS. ICH WERDE DEN FROHSINN DER KLEINEN IN GEMEINHEIT VERWANDELN, IHRE ZUTRAULICHKEIT IN MISSTRAUEN. ICH WERDE IHRE LIEBE FÜR ALLE AUSSER FÜR MICH ABTÖTEN. DANN WERDE ICH INGRID AUF DEN THRON ALLER BRITEN SETZEN."

„UND ICH... IHR LIEBEVOLLER VORMUND... WERDE STETS AN IHRER SEITE SEIN, UM SIE ZU FÜHREN UND ZU LEHREN UND MIT SANFTEM DRUCK AUF DEN RECHTEN WEG ZU BRINGEN. ODER WAS MEINST DU, JUNGER GALAN?"
„NATÜRLICH WIRD ES SO SEIN, DENN WER SOLLTE MICH DARAN HINDERN? GANZ GEWISS NICHT DU, MEIN JUNGER GELEHRTER."
„DURCH INGRID WIRD MEIN SOHN MORDRED WIEDER LEBENDIG. DURCH SIE WIRD MEIN TRAUM WIRKLICHKEIT. UND FALLS DEIN BRUDER ARN... ODER DEIN ABGEWIRTSCHAFTETER VATER EISENHERZ VERSUCHEN SOLLTEN, MICH AUFZUHALTEN..."
„... GIBT ES KEINEN VERBÜNDETEN, KEINEN SCHILD UND KEINE FESTUNG, DIE SIE VOR MEINEM ZORN SCHÜTZEN KÖNNTEN."

EIN EINSAMER REITER, DER VERZWEIFELT BEMÜHT IST, EINE HAFENSTADT AM BRISTOL-KANAL ZU ERREICHEN, WIRD VON STRÖMENDEM REGEN GEZWUNGEN, UNTER EINEM ALTEN MEGALITHEN SCHUTZ ZU SUCHEN. ER SPRICHT BERUHIGEND ZU SEINEM ROSS, DAS VOM DONNERGROLLEN BEUNRUHIGT IST.
„NUR RUHIG. DAS GEWITTER IST BALD VORÜBER, DANN REITEN WIR WEITER. WIR HABEN EINE AUFGABE... EINE SEHR WICHTIGE AUFGABE ZU ERLEDIGEN."

EISENHERZ SPÜRT JEMANDEN HINTER SICH. ER SPRINGT AUF UND ZIEHT DAS SINGENDE SCHWERT AUS SEINER SCHEIDE. ALS ER SICH UMDREHT, ERBLICKT ER EINE GEHEIMNISVOLLE GESTALT. EIN BLITZ ZUCKT AUF...
...UND LÄSST DEN ZAUBERER MERLIN ERKENNEN, DER NUN ALT UND VÖLLIG BLIND IST. SCHIER UNAUFHALTSAM PRASSELT REGEN AUF DIE ERDE, NUR NICHT AUF DEN KOPF DES ALTEN ZAUBERERS. „MERLIN, ALTER FREUND... WAS... WIE...?"

„EURE SORGE RUFT MICH HIERHER. MIR BLEIBT NICHT MEHR VIEL ZEIT, ALSO SEID STILL UND HÖRT!"

ERNEUTER DONNER LÄSST DAS ERSCHROCKENE PFERD WIEHERND AUSBRECHEN. IM LICHT EINES WEITEREN BLITZES ERSCHEINT DIE JUNGFRAU NIMUE. SIE HAT EISENHERZ' DURCHGEHENDES PFERD EINGEFANGEN... UND BERUHIGT ES MIT EINER STIMME, DIE AN EIN MURMELNDES BÄCHLEIN ERINNERT.

MERLINS BLINDE AUGEN SCHEINEN SICH MIT LIEBE ZU FÜLLEN, ALS ER SIE FÜR EINEN AUGENBLICK SEINER MAID ZUWENDET. DANN FÄHRT ER FORT: „DER GROSSE DRACHE HAT VIELE AUGEN. ALLES, WAS ER GESEHEN HAT, WEISS AUCH ICH. ES HAT VIEL ZERSTÖRUNG UND VIELE, VIELE TOTE GEGEBEN. ABER NICHT ALLES WAR OHNE SINN."
HOFFNUNG UND FURCHT BEWEGEN DAS HERZ VON EISENHERZ. ER KANN SICH NICHT BEHERRSCHEN UND UNTERBRICHT DEN RUNZLIGEN WEISEN: „ICH WAR IM FERNEN THULE, ALS ICH VON MORDREDS ARMEE HÖRTE. ICH KAM, SO SCHNELL ICH KONNTE, ABER ES WAR SCHON VORBEI. WAS IST MIT ARN, MEINEM SOHN? WAS MIT ARTHUR? ICH HABE GESUCHT UND GESUCHT, KONNTE ABER SEINEN LEICHNAM NICHT FINDEN."

DER ALTE MAGIER VERLAGERT SEIN GEWICHT, UM DIE SCHMERZENDEN KNOCHEN ZU ENTLASTEN, UND WÄRMT SICH AN EISENHERZ' FEUER. „ICH SELBST HABE MICH UM ARTHUR GEKÜMMERT. DER KÖNIG RUHT NUN AUF DER HEILIGEN INSEL AVALON. ER WIRD DORT SCHLAFEN, BIS IHN SEIN KÖNIGREICH EINMAL WIRKLICH BRAUCHEN SOLLTE."
„ABER DAS KÖNIGREICH BRAUCHT IHN JETZT, MERLIN!... JETZT MEHR ALS JE ZUVOR! UND WAS FÜR EIN SCHLAF IST DAS... EIN ZAUBERSCHLAF? ICH GEHE ZU IHM UND WECKE IHN!"
„DAS IST NICHT EURE ANGELEGENHEIT. IHR KÖNNT DEN KÖNIG... NICHT WECKEN ODER... ÜBERHAUPT NUR FINDEN. ABER HABT IHR NICHT GAWAIN EINEN EID GESCHWOREN? UND IST NICHT DIE SICHERE RÜCKKEHR DES SCHWERTES EXCALIBUR EUCH ANVERTRAUT WORDEN?"
„IHR MÜSST NACH NORDEN AUF DIE ORKNEY-INSELN REISEN. DORT WERDET IHR DAS SCHWERT FINDEN - UND EINIGE MENSCHEN, DIE IHR DORT AM WENIGSTEN ERWARTET. NEHMT NIMUE MIT. SIE WIRD EUCH BEI EURER AUFGABE EINE GROSSE HILFE SEIN."
„ABER IHR, MERLIN? WOHIN WERDET IHR GEHEN?"

ALS ANTWORT BEGINNT DIE ERDE ZU ERZITTERN UND DER STEIN ABZUBRÖCKELN. „MEINE ZEIT AUF DIESER ERDE IST ABGELAUFEN. ICH WERDE TROST UND SCHLAF IN DEN ARMEN DES GROSSEN DRACHEN FINDEN.“
DIE BEBENDE ERDE STEHT DEM DONNERSCHLAG DES HIMMELS IN NICHTS NACH. LAUT KRACHEND TUT SICH ZU EISENHERZ' FÜSSEN EINE ERDSPALTE AUF. VON TIEF UNTEN ERSCHALLT EIN RUMPELN... ALS SICH DER DRACHE STRECKT UND WINDET.
„ZURÜCK!“ RUFT DER ZAUBERER, OHNE DASS AUF SEINEM ANTLITZ FURCHT LÄGE. „ICH MUSS JETZT AUSRUHEN, IHR MÜSST WEITERMACHEN.“
EIN HEISSER LUFTZUG AUS DER ERDSPALTE – DER ATEM DES DRACHEN – STÖSST EISENHERZ ZURÜCK UND VON DER SPALTE WEG...

...UND DER DRACHE DER LEBENSKRAFT NIMMT GESTALT AN, STEIGT AUS DER ERDE AUF UND HOLT, WAS SEIN IST!
RITTER UND MAID SEHEN ENTSETZT ZU, ALS SICH DIE GROSSE SCHLANGE UM IHREN GEALTERTEN FREUND WINDET. „FÜRCHTET EUCH NICHT!" RUFT MERLIN. „ES IST ALLES, WIE ES SEIN SOLL."
DER ALTE MANN SPRICHT WIEDER. ER FLÜSTERT ZAUBERWORTE IN DER URSPRACHE, ALS DER DRACHE IHN UNTER DIE BEBENDE ERDE HINABZIEHT. „MERLIN... MEIN GELIEBTER!" RUFT DIE MAID.
DAS FEUER LODERT AUF, DIE WORTE WERDEN VOM GETÖSE SICH BEWEGENDEN FELSGESTEINS ÜBERTÖNT. DER GROSSE TAFELSTEIN, DER SEIT MEHREREN TAUSEND JAHREN HIER LAG, BEWEGT SICH... DIE STÜTZSTEINE WANKEN...

... UND DER MEGALITH STÜRZT HERAB. DER BODEN UNTER IHNEN ZITTERT UND BEBT. DAS ERSCHRECKTE PFERD WIEHERT.
„MERLIN! NEIN! MERLIN!" RUFT DIE MAID. DOCH MERLIN IST VERSCHWUNDEN. ER SCHLÄFT IN DEN ARMEN DES DRACHEN UNTER EINEM GRABMAL AUS MASSIVEM STEIN.
„KOMMT!" SAGT EISENHERZ ERNST UND LEGT DEN ARM UM DAS ZITTERNDE MÄDCHEN. „WIR HABEN UNSER SCHUTZDACH FÜR DIE NACHT VERLOREN, UND MERLIN HAT UNS EINE AUFGABE HINTERLASSEN - UND VIELE FRAGEN, DIE EINER ANTWORT HARREN."
DIE BEIDEN UNGEWÖHNLICHEN GEFÄHRTEN, DIE DER LETZTE WUNSCH EINES ALTEN MANNES ZUSAMMENGEFÜHRT HAT, STEIGEN AUF DAS MÜDE PFERD UND REITEN IN DEN STURM HINEIN.

DER STURM HAT SEINE GEWALT VERLOREN, UND DAS SANFTE MORGENLICHT ZEICHNET DAS LAND IN WEICHEN FARBEN. DER GRIMMIGE RITTER UND DIE BENOMMENE MAID REITEN ZU EINER KLEINEN HAFENSTADT ... IHRE SCHMERZENDEN AUGEN WERDEN GEKÜHLT VOM BLAU DES HIMMELS, VOM BLASSEN GRÜN DES LANDES UND VOM DUNKLEN GRAUVIOLETT DER SEE.
„WER IST DIE FRAU, DIE HINTER MIR REITET?" SINNIERT EISENHERZ DÜSTER. „MERLINS FREUNDIN, JA ... ABER IST SIE WIRKLICH EINE FRAU? MANCHE NENNEN SIE EINE WASSERNYMPHE, OBWOHL SIE SICH FÜR MICH RECHT SOLIDE ANFÜHLT. ES HEISST AUCH, DASS SIE DEN ALTEN MANN VON ARTHURS SEITE WEGGELOCKT HABEN SOLL."

AN DER STRASSE ZWISCHEN DER STADT UND DEN REISENDEN WARTET EINE GRUPPE BERITTENER KRIEGER. „DA IST ER, UND DIE MAID IST BEI IHM. WER IHM DEN TODESSTOSS VERSETZT, DER BEKOMMT DAS MÄDCHEN!"
„IHR MÜSST ABSTEIGEN, JUNGFER", BEFIEHLT EISENHERZ MIT RUHIGER UND STARKER STIMME. „VOR UNS LIEGT GEFAHR."

„ES SIND PIKTEN. WARTET HIER AUF MICH. ICH NEHME SIE MIR VOR."
„WARTE, KRIEGER, GIBT ES DENN KEINEN ANDEREN WEG?"
OHNE ZU ANTWORTEN, REISST EISENHERZ SEIN ROSS HERUM UND GREIFT DIE UNSELIGEN PIKTEN AN. FÜR EINEN ANDEREN WEG IST KEINE ZEIT.
EIN MANN, DER KEINE FURCHT UND KEINE WÜNSCHE MEHR KENNT AUSSER DEM, SEIN ZIEL ZU ERREICHEN, IST IN DER TAT EIN GEFÄHRLICHER MANN. ER REITET ALLEIN GEGEN VIER, ABER OFFENBAR IST NUR IHM DAS GLÜCK HOLD.
DENN ALLES, WAS EISENHERZ ETWAS BEDEUTET HAT, IST IN DEN STAUB GETRETEN. WAS BEDEUTEN IHM DA EIN PAAR PIKTENLEBEN MEHR? UND WAS SEIN EIGENES LEBEN?

IN DER HITZE DES GEFECHTS IST LEBEN NUR DER KLANG AUFEINANDERSCHLAGENDEN METALLS, KRACHENDER SCHÄDEL UND TODESSCHREIE VERÄNGSTIGTER MÄNNER…
…DAS GEFECHT ALLEIN BEWEGUNG UND GEBRÜLL…
…DEM VOLLKOMMENE STILLE FOLGT.
UND FÜR DEN ÜBERLEBENDEN GIBT ES DIE EKSTASE… DIE SINNE DES KRIEGERS, DIE AUF EINER FLUT DER ERLEICHTERUNG SCHWIMMEN. DER AUF DEN TOD GEFASSTE GEIST GEWINNT FLÜGEL UND STEIGT HOCH AUF. DAS FLEISCH SINGT, DAS HERZ RUFT, DIE GEDANKEN RUHEN.

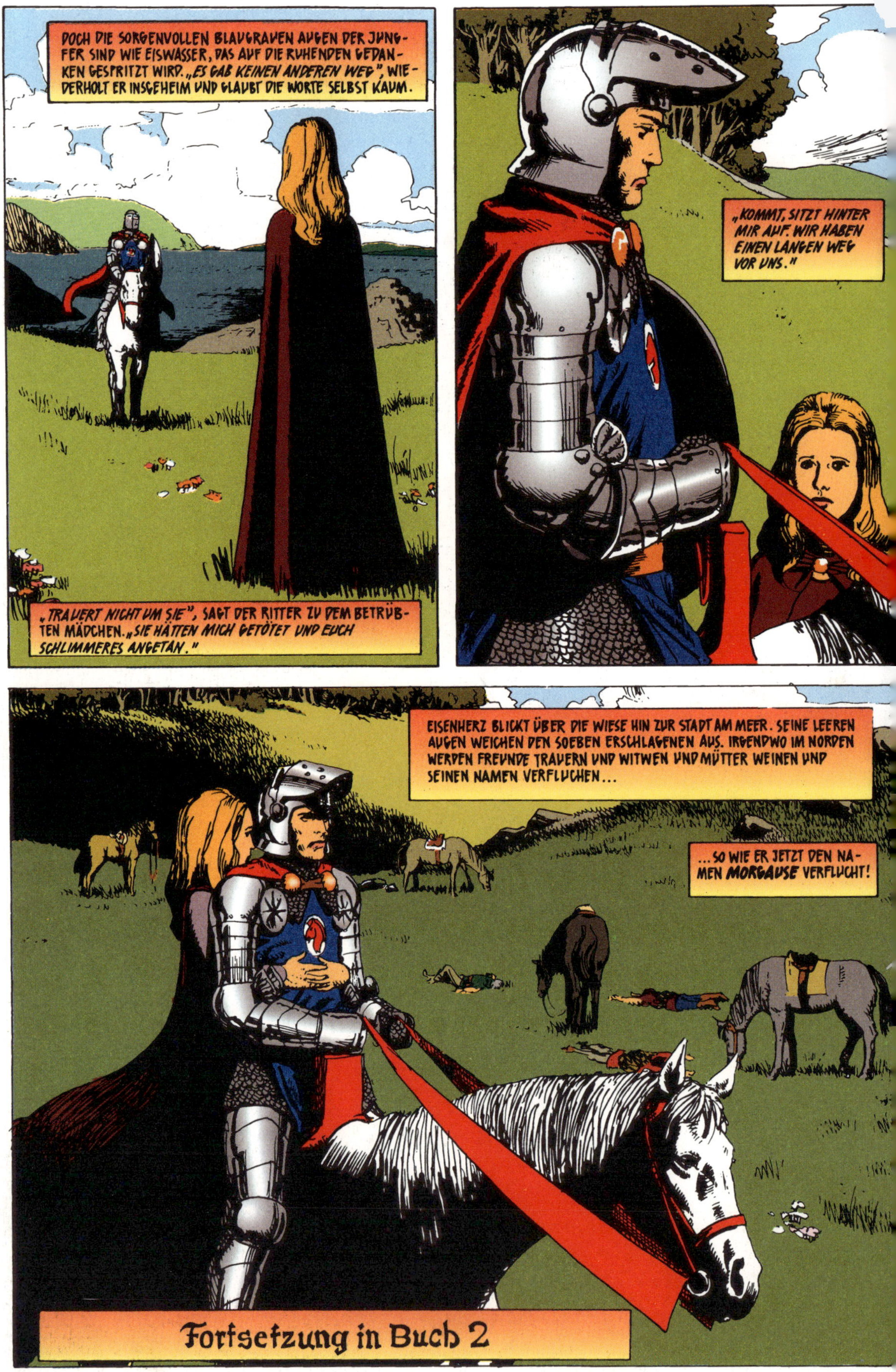
DOCH DIE SORGENVOLLEN BLAUGRAUEN AUGEN DER JUNGFER SIND WIE EISWASSER, DAS AUF DIE RUHENDEN GEDANKEN GESPRITZT WIRD. „ES GAB KEINEN ANDEREN WEG“, WIEDERHOLT ER INSGEHEIM UND GLAUBT DIE WORTE SELBST KAUM.
„TRAUERT NICHT UM SIE“, SAGT DER RITTER ZU DEM BETRÜBTEN MÄDCHEN. „SIE HÄTTEN MICH GETÖTET UND EUCH SCHLIMMERES ANGETAN.“
„KOMMT, SITZT HINTER MIR AUF. WIR HABEN EINEN LANGEN WEG VOR UNS.“
EISENHERZ BLICKT ÜBER DIE WIESE HIN ZUR STADT AM MEER. SEINE LEEREN AUGEN WEICHEN DEN SOEBEN ERSCHLAGENEN AUS. IRGENDWO IM NORDEN WERDEN FREUNDE TRAUERN UND WITWEN UND MÜTTER WEINEN UND SEINEN NAMEN VERFLUCHEN...
...SO WIE ER JETZT DEN NAMEN MORGAUSE VERFLUCHT!
Fortsetzung in Buch 2